Johann George Scheffner

Gedichte im Geschmack des Grécourt

Johann George Scheffner

Gedichte im Geschmack des Grécourt

ISBN/EAN: 9783743364219

Hergestellt in Europa, USA, Kanada, Australien, Japan

Cover: Foto ©Andreas Hilbeck / pixelio.de

Manufactured and distributed by brebook publishing software (www.brebook.com)

Johann George Scheffner

Gedichte im Geschmack des Grécourt

Gedichte

im

Geschmack des Grecourt.

Μα υερυε ες ινδισκρεττε

Ιε λα κονδαμνε εν εφφετ:

Ες ιλ υν σαγε πωετε

Ες ιλ υν αμαντ δισκρετ?

χαυλιευ.

Frankfurt und Leipzig,
bey Dodsley und Compagnie, 1771.

Inhalt.

Rosts abgeschied'ner Schäferseele

Und, Wieland, deiner, die noch lebt

Und in den Agathon und Idris Wollust webt,

Weih' ich mein Lied — Was ich sing und erzähle

Sang und erzählte mir einst eine Muse vor,

Die sich den allerfeinsten Flor,

Der nicht Ein blaues Aderchen verheelt,

Zum Morgennegligé erwählt:

Froh wird sie seyn, wenn deine Musen,

Mit bloßen Knie'n und ofnen Busen,

Voll Laune, und selbst von der Glut beseelt,

Die sie bey Korkor (*) Glück in Leserherzen hauchen

Stiefschwesterlich sie nur, als Kammermädchen brauchen.

(*) Beytr. z. Geh. Geschichte des menschl. Verstandes und Herz.
zens, 1 Thl. r. 33 = 38.

Gespräch

Gespräch
mit einer Statue der Venus.

Du Tochter Zevsens von Dionen,

Was hältst du da die schlaugebogne Hand,

Und hier das neidische Gewand

Vor die allmächtge Schönheitszonen?

Was ziehst du deinen Marmorleib

So furchtsam ein, und blickst beschämt zur Erde?

Was fehlt dir? Sprich. Es schickt sich für kein Weib,

So schön wie du, die ängstliche Gebehrde:

Nun, Meergebohrne, wirst du wieder aufwärts sehn,

Und niemals mehr so furchtsam stehn?

Die

Die Statue.

Was hilfts mein Aug hier aufzuschlagen,

Und meine Reize Schau zu tragen?

Hier bin ich doch nicht schön, nicht Königin der Welt;

Zwar steht mein Bild hier aufgestellt,

Allein du darfst dein Herz nur fragen,

So wird dir sein Orakel sagen:

Die Statue bleibt hier so lang nur aufgestellt,

Bis die, vor der sich tausend Herzen neigen

Bis Röschen es für dienlich hält

In diesem Heiligthum sich selbst zu zeigen.

3. Der

Der Triumpf.

Non ita Dardanio gavisus Atrida triumpho est

Cum caderent magnæ Laomedontis opes —

Quanta ego præterita collegi gaudia nocte:

Immortalis ero, si altera talis erit.

Propertius.

"So rührt Dich nicht dein Freund, der zärtlich vor
Dir kniet?

"Soll er verschmachten — Er, der doch für Dich
nur glüht?

"Soll er, nur er allein der Liebe Marter fühlen,

Und nie das schönste Feur an deinem Busen kühlen?

"Erbarm

"Erbarm Dich, Mädchen, doch, hör' auf zu widerstehn

"Der Zärtlichkeit Genuß macht Dich gedoppelt schön.

"Versuch einmal den Rausch aus Amors Zauberbecher,

"Und findt dein Herz nachher nicht alle Weltlust schwächer

"Als ihn, und schwimmt es nicht in nie empfundner Lust,

"So hüll' in dichten Flor stets deine Marmorbrust.

"O laß mich — laß mich doch der Wünsche Ziel erreichen,

"Laß mich in deinem Arm beglückt den Göttern gleichen.

"Wie lang, wie lang blieb nicht mein Bitten unerhört!

"Wie lang hat nicht Dein Nein der Hofnung Glück gestöhrt?

"Was hilfts Dir, göttlichs Kind, ein Kleinod zu besitzen,

"Ohn' nach der Schöpfung Zweck es liebevoll zu nützen?

"Umarme

"Umarme mich, komm und genieß den Unterricht,

"Der Menschen macht und Lust mehr giebt, als er verspricht.

"Es klopft Dein junges Herz, sein zärtliches Erbeben

"Mißbilligt Furcht und Zwang, es will der Freude leben;

"Der Liebe Morgenglanz färbt Deine Wangen roth,

"Gehorsam heischt Natur von Dir für ein Geboth,

"Das sie zum Glück uns gab — Laß nicht die Zeit verfließen,

"In meines Armes Schutz komm alles Glück genießen.

"Blüh Rosenknöspchen auf" — In diesem Augenblick

Schmolz Chloens Herz, sie sank in meinem Arm zurück.

In halber Ohnmacht, schön von Liebe überwunden,

Berauscht von einer Lust, die sie noch nie empfunden,

Laß

Las ich das schönste Ja im Aug, das sanft sich schloß,

Indem der Unschuld Rest in Thränen still verfloß.

O könnt ich doch, wie Gleim, Catull und Wieland singen,

Um Chloens Reißungen ein reißend Lied zu bringen!

Was sah ich nicht, was hat nicht hier die Hand berührt

Eh mich zu ihrem Werk die goldne Venus führt!

Hörbar sah ich ihr Herz durchs seidne Halstuch pochen,

Und fühlte rasch das Blut in allen Adern kochen.

O Wollust! Liebe! Glück! o dreymal selger Tag,

Als Chloens ganzer Reiz in meinen Armen lag!

Das blühendste Gesicht mit braunem Haar umzieret,

Gebrochne Augen und der Busen aufgeschnüret,

Der

Der schönste Arm, und Fuß, ein Schenkel fleischig, zart

Am lockgen Wollustthron mit einem Leib gepaart

Schön wie der Venus Leib, den Scopas ihr gegeben —

Pygmalions Meisterstück, warm, voll Gefühl und Leben

Lag hier und war ganz mein — An Chloens Lippen
hieng

Die ganze Seele wenn ich ihren Kuß empfing,

Der Pfeil war eingelegt, ich athmete geschwinder,

Ich hauchte Wollust, und doch ward das Feur nicht minder.

In süßer Ohnmacht starb jetzt Chloe neben mir,

Der Liebe milder Thau ergoß sich sanft aus ihr:

Selbst ganz Empfindlichkeit nicht mehr der Sinnen Meister

Versammelten in Eins sich alle Lebensgeister,

Die Augen brachen — Wir erseufzten — und es floß

Cytherens Balsam in den gürtellosen Schooß — —

· Es weiß der Knabe schon wie rührend es entzücket,

Wenn ihm die Hand vertraut sein kleines Mädchen drücket,

Doch weiß er nicht wie viel die Wollust stärker ist

Wenn sanft die Muschel zuckt und ihren Liebling küßt —

Auf Chloens heiße Brust halb schlummernd hingesunken

Fühlt ich jedweden Kuß, und ward von neuem trunken,

Und kämpfte neu gestärkt durch Chloens Hand und Blick

Noch manchen Liebeskampf mit wiederholtem Glück

Bis daß, erschöpft von Lust, Herz dicht an Herz geschloßen,

Der Schlaf uns überfiel die Quellen nicht mehr floßen.

Cythere

Cythere Königin der Herzen

Lustschöpferin, Quell süßer Schmerzen,

Heil Dir und Seegen dem Altar!

Dir Göttin, der die Himmel singen,

Und Elemente Opfer bringen

Dir Göttin bring ich ganz mich dar.

Wohl Dir, wenn Du mein Glück genoßen

Als Dich Adonis Arm umschloßen,

Und Dein Arm ihn umschloßen hielt:

Wohl ihm wenn er die Wollust fühlte

Als er mit Deinen Reitzen spielte,

Die ich in Chloens Schooß gefühlt.

Mein

Mein Herz schlägt ewig Dir erkentlich;

So wie die Wollust war, unendlich

Dankt jede Nerve Deiner Kraft:

Du halfst mir Chloen überwinden,

Du halfst der Wünsche Hafen finden,

Dank sey Dir für die Jungferschaft.

Erinne-

Erinnerung der Schäferstunden.

Mon Iris éperdue

Laissoit mille beautés en proie à mon ardeur,

Comme elle oublioit sa rigueur

J' oubliois alors ma retenue.

Chaulieu.

Die holde Glut, die selbst Cythere fühlte,

Wenn ihren Hals Adonis Arm umschlang,

Wenn ihren Busen seine Küße wärmten,

Und sein Reiß unter ihren Händen wuchs:

B 2   Die

Die Glut von der die jungfräuliche Kälte

Der jagenden Latonenstochter schmolz,

Die ihr beym eingeschlafnen schönen Jüngling

Sanft zurief: wachend ist er schöner noch:

Die Glut, die Amors stärkste Pfeile stählet,

Oft auch zu kühn den Bogen spannt, und sprengt,

Die in den Myrtenkranz entzückter Liebe

Den unschätzbarsten Demant künstlich steckt:

O möchte doch die Glut dies Lied begeistern,

O Liebe! hör' des Jünglings heißes Flehn,

Des Jünglings, der Dich zehnfach mehr empfindet

Als einst Adonis und Endymion.

Hör'

Hör' mich, ich sing die Freudenaugenblicke,

Da ich an Chloris Busen schmachtend starb,

Da ich in meiner Hebe Opferschale

Der Wollust heilgen Nektar schäumend goß.

Wie in dem Busen aufgeknospter Rosen

Der Morgenthau, der an den Blättern hieng,

Zusammenfließt, und dann im rothen Schooße

Geschmolznen Perlen gleich ihr Roth erhöht:

So hiengen auch des fruchtbarn Thaues Tropfen

Hier um der Purpurmuschel weichen Rand,

Und an dem seidnen Moos, das sie umschattet,

Und mehrten ihrer Farbe kostbarn Reiz.

Wohlthä-

Wohlthätige, lustreiche Augenblicke,

Die Liebe und die Freude seegne euch,

Euch seegnete die Unschuld, als mein Mädchen

Aus ihrer Muschel mir die Perle gab.

O Wollust! welch ein unaussprechlich Opfer!

Hat den Altar je reiners Blut gefärbt?

Stets denkt mein Herz der Unschuld sanfte Röthe

Ihr Zittern, und des Opferstales Wut.

O Chloris bestes Mädchen, welch ein Opfer!

Bestürmt, erweicht durch meine Zärtlichkeit

Gabst du dein Kleinod hin. Ich brach das Röschen

Das jungfräulich im Schatten blühend stand.

O

O feyre mit mir, Mädchen, die Minute,

Die dir manch Perlenthränchen kostete;

In ihr schlang Amors Hand den schönen Knoten

Der unser Wesen heiligt und vereint.

Dem Tage Heil, an dem der kühne Amor

Den ersten Pfeil in deinen Köcher stach,

An dem die Biene den geschäft'gen Stachel

In deinen duftgen Bluhmenkelch vergrub.

So wie der Thau, der aus dem Thale rauchet

Mit wärmern Frühlingsregen sich vermischt;

So mischte sich der Wollust kräft'ger Balsam

Mit deiner keuschen Grotte mildem Thau.

B 4   Heil

Heil dir, o Tag, da ich den ganzen Umfang

Von deiner Tugend sah, da mich dein Aug

Und seiner feinen Bogen seltne Schönheit

Zu seufzen zwang: O wäre Chloris dein!

Heil dir o Tag da ich zuerst Dich küßte,

Und deines Busens Rosenknospen sah',

Da ich des Heiligthums Altar berührte

Mit jungfräulichen Locken tändelte.

Heil dir o Tag, da ich der Wangen Purpur,

Im Aug dein Herz wollüstig schmachten sah,

Da bey der Zungen kützelnden Berührung

Der Lebenssaft aus Rosenlippen floß.

Heil

Heil dir o Tag, sey Grazien und Musen

Cytheren selbst, ein ewig Myrtenfest,

Denn Amor sang Triumpf, Triumpf und kränzte

Sich sechsmal am Altar mit Siegeslaub.

Feyr, Mädchen, ihn den Tag, da Du aus Liebe

Dich ganz dem Liebling zu genießen gabst.

Er war des zärtlichsten Vertrauens Ursprung

Und unsre Trennung labt noch jetzt sein Trost.

O, Mädchen, ha! wie kochten meine Adern

Wenn Deine weiche kleine Zauberhand

Cupidens Scepter sanftverschämt berührte,

Und er von Wollust wuchs und überfloß —

O könnt ich doch den kostbarn Rausch beschreiben

Den ich zu Deinen Füßen oft gefühlt,

Wenn jeder neidsche Vorhang aufgezogen,

Und jeder Sinn entzückt befriedigt ward.

O Mädchen welche Schätze sah ich liegen!

Der seidnen lock'gen Haare Wohlgeruch,

Der Milchsaft in der Muschel feinsten Falten

Wie Rosen unter Lilien gemischt.

Wie zärtlich küßt ich nicht die schöne Rose,

Mein Mund sog Wollust für das Herz aus ihr!

Wie freut ich mich wenn alles nach der Rose

Nach ihrem Thau und ihren Blättern roch.

Wie küßt ich nicht die nachbarlichen Hügel

Die Venus Hand mit Atlas überkleidt,

Die tausend buhlerischer Mädchen Busen

An Form und seiner Farbe übergehn.

Einst will ich Rosenknospen auf sie pflanzen

Sie sollen dann mein zweyter Busen seyn,

Bey ihrem Anblick werd' ich Wollust athmen,

Auch ihre Grotte sey mein Heiligthum.

Der Wollust Nektar wird sie fruchtbar netzen,

Wenn er sanft übern Rand der Muschel ströhmt,

Ihr heil'ger Busch wird davon dichter wachsen,

Und stärkre Düfte in die Gegend streun.

Auf diese wollustreiche kostbarn Hügel

Gelehnt erwart' ich dich geliebter Schlaf,

Besuche einst mich da, und bring durch Träume

Die wachend schon genoßne Lust zurück.

O wenn ich dann von ihm gestärkt erwache

Dann küß' ich dich wollüstiges Baßin,

Und laufe frisch nach jenem Lorbeerkranze

Der lockend in dem Schooß des Mädchens hängt.

Du hilfst dann deines Helden Lanze führen;

Wie herrlich wie gewis wird dann sein Sieg,

Und nach dem Sieg wird er das Ziel anstaunen,

Und froh entzückt die ofne Wunde sehn.

Dann,

Dann einz'ges Mädchen, trocknen meine Küße

Den Schaum von rosenfarbnen Lippen ab,

Mir trocknen ihn die duftenden Gesträuche

Des Hügels überm Kampfplatz zärtlich ab.

O Liebe! o wie wirst du uns begeistern!

Wie himmlisch schön wird unser Glück durch dich,

Wenn unsre Seelen in einander fließen

Sey jeder Kuß ein Lob und eine Hymne.

Die

Die Opferung.

I' benedico il loco, e'l tempo, e l'ora

Che ſi alto mirano gli occhi miei,

E dico: Anima aſſai ringraziar' del

Che foſti à tanto onos degnata allora

Petrarca.

Du biſt wie Paphia aus weißem Schaum gebohren,

Aus Muſchelſchalen ſtieg dein Leib ſo zart und fein,

Die Perle aber ward aus ihrem Schooß erkohren

Der jungfräuliche Stoff des feinen Geiſts zu ſeyn:

Du

Du gleichst Cytheren, wenn der Grazien Hand sie schmückte,

Nur daß ihr Herz an Reiz lang nicht dem deinen gleicht;

Als ohne Gürtel sie dort Priams Sohn erblickte

Ward ihr der Schönheit Preiß im Apfel überreicht:

Doch Paris hätt' ihn Dir vor Venus hingegeben

Hätt er Dich gürtellos, verschämt, wie ich erblickt.

Ein Kuß nach zärtlichem unschuldgem Wiederstreben

Auf Höhn, die schwarz umdornt ein Rosenknospchen schmückt,

Ein Blick ins sanfte Thal das diese Hügel schaffen,

Und das an ein Gewölb von Atlasglätte grenzt,

Berauschten mich — ich fiel — da siegten Amors Waffen,

Die er, des Siegs gewiß, mit Myrthen schon umkränzt;

Da

Da fieng er mich im Netz gewebt von jenen Bogen,

Der Stirn und Augen Schmuck, von lockigschwarzem Haar,

Das duftend, weich, bethaut den Wollust Thron umzogen,

Und führte mich erstaunt zum heiligsten Altar:

Den hatten Grazien mit seltnen Fleiß erbauet,

Und ihren Rosenmund beym Bau zum Riß geliehn.

Nach zarter Lippen Roth, mit Nektar überthauet,

Erschufen sie den Rand, den Altar zu umziehn;

Der Zunge, die der Witz beredsam dort beweget,

Glich hier ein Streif, der sich schmal und gefühlvoll bog:

Hier winkt ein Vorgebürg von Venus angeleget

Mit Mooß bedeckt, das sich kraus um den Altar zog.

Am

Am Fuß lag unentweiht die wunderthätze Grotte,

Die vor unheil'gem Blick sorgfältig sich verschließt,

Vom Priester nur besucht der da dem Liebesgotte

Vertraut fruchtbringend Oehl in Opferschalen gießt.

Es rauscht ein Strohm aus ihr der oft die Gegend netzet

Und goldfarbklares Naß in seiner Urne hält,

Ein Purpurbach, dem Flut und Ebbe Luna setzet,

Und dann der Thau, der nur an Opfertagen fällt.

"Hier" sprach der Gott zu mir, bist du bestimmt zu dienen,

Er sprachs, und stärkte mich zu seinem Priesterthum:

Ich pflückte von dem Mooß, ich sog es gleich den Bienen

Und roch den Balsamduft aus Amors Heiligthum,

C

Fieng

Fieng an so Grottenwerk als Altar zu besehen,

Und kam ans feuchte Thor vor dem ein Vorhang hieng,

Der Wunsch das Heiligste des Tempels durchzuspähen,

Half mir beym ersten Schritt, der bis zum Vorhang gieng —

"Verzagter Priester wie kannst du dich nicht entschließen,

"Schmerzt dich des Opfers Tod? schrie' Amor voller Wut —

Da scheut ich dann nichts mehr — der Vorhang ward
zerrißen,

Und aus dem Heiligthum, o Chloris, floß — dein Blut.

Ein

Ein lehrreicher Traum vom Amor.

Non iuvat in cœco Venerem corrumpere motu:
- - oculi funt in amore duces

Propertius.

Der Liebesgott, geschmückt mit allen Reitzen,

Erschien mir heut im leichten Morgentraum,

An seiner Hand ein loses braunes Mädchen;

"Da, sprach er, nimm die blühende Brunette

"Küß sie, und drück sie fest in deine Arme.

Ich that es, und wir sanken auf den Sopha:

C 2

Wie

Wie schalkhaft lächelte der kleine Amor

Als er, gleich Wolken,. die die Sonne decken

Den Vorhang von dem Sitz der Wollust hob.

*Sieh her, dies ist der freudenreiche Becher

"In den einst Bachus bey Ariadnen

"Den Nektar goß, und einen Rausch sich trank:

"Betrachte dieses lockigte Gewebe,

"Der Venus Gürtel ist von solchen Fäden,

"Betracht des. Laubwerks Kunst um diesen Becher,

"Und athme seine Balsamsdüfte ein.

'So groß ist nicht die Kunst der heilgen Schale

"In welcher Hebe dort und Ganymed

"Uns

"Uns Göttern des Olymps den Nektar reichen.

"Füll den Pokal, den Grazien einst schufen

"Zu dem sie Rosen mit Granaten mischten,

"Und den die Neuheit doppelt kostbar macht.

"Füll ihn wie Zevs ihn Danaen einst füllte

"Als er im goldnen Regen auf sie fiel,

"Und sey dabey entzückt wie Jupiter.

"Dies ist, hier wieß er seinen kleinen Scepter,

"Der Heber der die wunderthätgen Säfte

"Wollüstig ein rinkt, und dann aus sich spritzt;

'Leg ihn nur an den Rand der Nektarschale

"Er wird sich bald mit ihr vertraut vereinigen,

"Und

"Und weißer Schaum wird ihn und sie umziehn.

"Füll lang, beglückter Jüngling, Chloens Becher,

"Er öfne sich wenn du dich dürstig näherst,

"Wie Rosen wenn sich West und Sonne nah'n,

"Und wenn du gnung aus diesem Kelch getrunken,

"Dann küß zur Stärkung Chloens vollen Busen,

"Und trinke Wein aus ihrer hohlen Hand.

Denk-

Denkzettelchen

in Phyllis Schatzkästlein.

io so ben, ch'un amoroso stato
In cor di donna picciol tempo dura.

Petrarca.

Ohn dir die weiche Hand, die weiße Brust zu küßen,

Hab ich dich, Phyllis, jüngst verlaßen müßen!

Für mich, o Mädchen, welch ein tiefer Schmerz!

Auf deinen Lippen wohnt allein mein Leben,

Wenn unter Küßen sich die Marmorhügel heben,

Dann wall't auch Freude durch mein Herz —

C 4

Und

Und bald — bald werd ich Dich lang gar nicht sehen,

Ach dann wird wohl die Winterluft

Die Dich zum Contretanz und Schlittenfahrten ruf,

Die kleine Flamme ganz verwehen,

Die Flamme die viell icht zu meinem Glück

In manchem schönen Augenblick

Dein Herz noch wärmt — dann wird der Sommer
meines Lebens

Nur Eine lange Klage seyn;

Dann blüht für mich die Welt vergebens,

Dann wird um mich ein ew'ger Winter seyn! —

Sieh, Phyllis, jene überschneyten Hügel

Sie luden uns, so lang als Zephyrs Flügel

Ihr

Ihr grün Gebüsch durchwehte zum Spaziergang ein,

Doch jetzt umbrausen sie des Nordwinds Flügel,

Die Büsche trauren blätterleer,

Kein Sterblicher besucht sie mehr;

Da stehn sie jetzt verwüßt die majestätschen Hügel —

So werd ich auch die Marmorhügel,

Wo jetzt Empfindung wohnt und Rosenknospen blühn

Von weitem sehn, vor ihrer Kälte fliehn. —

O welch ein Gram für mich wenn diese Busenhöhen

Kein Lenz der Liebe mehr für mich umblüh't,

Wenn sie ein andrer küßt, und ihren Reitz zu sehen

Den seidnen Flor von weißen Schultern zieht!

O Mädchen laß doch nie entfernt von mir den Winter

Dein Herz mit Eiß für mich umziehn,

Wenn du mich wiedersiehst, dann wall' dein Blut
geschwinder,

Und laß auf deinen Wangen Liebe glühn.

Billet

Billet an Dorchen.

Angelica a Medor la prima rosa

Coglier lascio, non ancor tocca inante,

Ne persona fu mai sì auventurosa

Ch'in quel giardin potesse por le piante

Ariost.

Wie lebst du Dorchen denn du kleine Klosternonne,

Hübsch fromm, hübsch keusch, hübsch still, und froh auf

eigne Hand?

Hat beym Spazierengehn Dir nicht die Frühlingssonne

Die weiße Haut zu sehr auf Stirn und Hals verbrannt?

Blühn

Blühn deine Wangen noch wie junge Frühlingsrosen

In deren rothen Schooß kein Sonnenstral noch sah?

Kommt auch kein Stuzerchen vertraut Dir liebzukosen

Mit gar zu freyer Hand dem Busen gar zu nah?

Hast du zur Einsamkeit Dich ruhig schon bequemet?

Bekommt die Landluft dir, macht dich das Landbrod fett?

Hat Strick- und Nähzeug noch kein Fingerchen gelähmet,

Und kräuselst du noch jetzt dein seidnes Haar so nett?

Vergießt auch Dorchen nicht in Handschuhn hübsch
zu gehen,

Wird auch der Sonnenhut nicht blos im Schrank bewahrt?

Sind Busen, Schenkel, Hals, und was ich sonst gesehen

Noch fleischig wie vorher noch atlasglatt und zart?

Was

Was macht der heilge Busch der jenes Thal beschattet,

Das sich mit Balsam netzt, und zum Entzücken riecht,

Wo mit den Grazien der Liebesgott sich gattet,

Und sicher wie der Kern in zarten Pfirschen liegt?

O Dorchen könnt ich doch die süße Pfirsich küßen,

Könnt ich doch, wenn ich sie erst tausendmal geküßt

In das gespaltne Herz den Thau des Lebens gießen,

Der gleich dem wärmsten Punsch der schönste Schlaf-
trunk ist!

O Dorchen könnt ich Dich doch an mein Herz jetzt drücken,

An deinem Busen mich ganz meines Glücks erfreun —

O laß doch keinen nur kein einzges Röschen flicken,

Mich mich laß ganz allein der Blüthensammler seyn.

An

An mein Mädchen.

Te juvet in noſtris poſitam languere lacertis,

    Me juvet in gremio, Vita, cubare tuo,

Et cum ſuaviolis animam deponere noſtris

    Eque tuis animam ſugere ſuaviolis,

Sive meam, Lux, ſive tuam, ſed ſit tua malim

    Ipſe tuo vt ſpirem pectore, tuque meo.

J. Secundus.

Mein Auge findt Dich ſchön, mein Herz liebt Dich
unendlich,

Doch Mädchen biſt du auch erkenntlich,

Siehſt Du mich auch ſo gern, liebſt Du mich auch ſo ſehr?

Ha! wenn ich jetzt doch bey Dir wär,

Dir

Dir meiner Liebe Glut, die wie ein Meer

In allen Adern wallt, wollüstig auszudrücken!

Wie emsig wollt ich nicht, da heut = = = ist

Dein rundes Knie mit diesem Bändchen schmücken,

Weil mir der Winter, der noch Tellus Schooß verschließt,

Jetzt nicht erlaubt Dir einen Kranz zu pflicken.

Doch Mädchen hielt ich Dich nur jetzt in meinem Arm

So wollt ich Dir die Lilienhöhen,

Auf denen von Natur schon Rosenknospen stehen,

So lange küßen, bis von tausend Küßen warm

Die ganze Brust, so wie die Knospen, ihre Zierde,

Auch roth wie blühende Rosen würde.

Wenn ich den Busen nun erst heiß und roth geküßt,

Dann sollten meine Lippen weiter klettern,

Und Zephyrn gleich, wenn er i.. Myrthenblättern

Vergraben und geschäftig ist,

Im Haar das deine Stirn umfließt,

Und Bogen gleich dein Aug umschließt,

Sich auch vergraben und beschäftgen,

Und eine Saat von Küßen sollte da

Erzählen, was in mir geschah'

Als ich noch mehr von Dir als Aug und Busen sah',

Und was ich je versprach Dir feyerlichst bekräftgen.

Wenn ich auf Brust und Stirn Dich roth genung geküßt,

Dann

Dann flög' ich gleich den honigvollen Bienen

Zum Körbchen hin, das wie ein Jungferchen im
Grünen

Ein zart Geweb' kunstlos umschließt, —

Hin zum Aurikelchen, das Wohlgerüche,

Balsamischer als Hybelns Honigbrüche,

Und was ein Stuzer je zum parfümiren braucht.

In die bildschöne Gegend haucht;

Da würd ich mich am längsten wohl verweilen,

Um Dir getreu die ganze Erndte mitzutheilen.

Ach Mädchen wenn ich doch jetzt bey Dir wär!

Von Dir entfernt zu seyn war nie so schwer,

Nie war mein Herz so freudeleer,

D   Nie

Nie wünsch ich heftiger die Schäferzeit zurücke,

Als heute da   ,   ,   ,   ,   ist.

Wenn Dir in diesem Augenblicke

Ein kleiner Schaur durch alle Glieder schießt;

So glaub, daß Dich mein Schutzgeist küßt,

Der Geist der unsichtbar bis in dein Zimmer streifet,

Dich wie dein Engel überall bewacht,

Und Dir wenn Du in kalter Nacht

Den Busen Dir im Traum zu bloß gemacht

Das Schlafkamisölchen fester schleifet.

Vorm Spiegel treibt er oft mit deinem Haar sein Spiel,

Und wenn Dir die Frisur nicht gleich recht glücken will;

Er

So kommts von seinen Neckereyen,

Er tändelt gern wie ich — Du mußt ihm schon verzeihen;

Dafür hat er Dir auch von Hals und Stirn und Hand

Schon manchen Kräuseleisens Brand,

So wild er sonst auch ist, behutsam abgewandt;

Dafür stärkt er Dir Fuß und Brust in Contretänzen,

Und hilft, wenn ja was reißt, es Dir ergänzen;

Wenn Dich nun dieser Geist in meine Seele küßt,

Dann laß, wofern Dein Herz noch mein Herz ist,

Und sanft von Wollust überfließt,

Im schönen Aug ein Sehnsuchtstränchen glänzen,

Und sey den ganzen Tag wie ich betrübt,

Weil

Weil der, der Dich unendlich liebt,

Und Dir den Preiß der Schönheit giebt,

Anstatt Dein Nahmensfest mit Dir froh zu verküßen,

Und ganz der Liebe Reichthum zu genießen

Gar ohne Handdruck, Blick und Kuß

Es feyren, und Dich blos im Geist umarmen muß.

Trost=

Trostgedicht.

Qvid - metuis turbæ decreta severæ?
Caussa meo tantum competit ista foro.

I. Secundus.

Bin ich Dir denn nicht mehr als eine ganze Welt,

Als alles was sich mit Grimaßen

Vertraut, und um Dein Glück bekümmert stellt?

So lang die Liebe mir Dein Herz erhält,

Und Wollust Dir in meinem Arm gefällt;

So laß zu eignem Schimpf Dich Thoren lästern, haßen:

Ju

In ihren Adern fließt auch Menschenblut,

Wie! hätten wir denn nur allein gesündigt,

Und sie der Pflicht bey reicherm Uebermut

Nie den Gehorsam aufgekündigt?

Was weinst Du Mädchen? Spar den Thränenbach,

Aus Sehnsucht bloß nach mir laß seine Perlen fließen,

Der Kummer macht das Herz nur doppelt schwach,

Und läßt den Feind den Sieg zu leicht genüßen.

Bleib heiter wenn Dich gleich verstellte Lippen schmähn,

Und Dir dein kleines Glück beneiden:

Daß Wind und Wetter Dir die Haarfrisur verwehn,

Mußt Du das nicht geduldig leiden?

Allein

Allein Dein Herz, das frag, ob es Dich nicht verklagt,

Ob da nicht Falschheit wohnt, ob da nicht Triebe lodern

Für dies' der Tugend ganz entsagt,

Und die nur Wollust zur Befried'gung fodern?

Ob nicht der Wunsch für jeden schön zu seyn

Und jedem Jünglinge erobernd zu gefallen,

Sein Hauptwunsch ist? — O möcht ers doch nicht seyn?

O möcht doch nur für mich Dein voller Busen wallen!

Giebt Dir dein eignes Herz nur Recht,

Und zwingt Dich nicht vor Dir selbst zu erröthen;

So wird der Neider schlangenartiges Geschlecht

Sich einst mit eignem Gift zu Deiner Rache tödten.

Schwer-

Schwermut macht nur die Rosenwangen blaß,

Und welkt die glatten Marmorhügel,

Der Kummer, und der Thränen salziges Naß

Verdirbt der Augen Glanz, beschneidt des Geistes Flügel.

Wein nicht, denn Liebe war nie eine Frewelthat

Die Herzen ehrlos macht; nur dann entehrt sie Herzen

Wenn Unbestand und Leichtsinn und Verrath

Mit ihren Flammen treuloß scherzen;

Wenn Lippen sprechen, was das Herz nicht fühlt,

Wenn ihre Glut Entfernung tilget,

Wenn buhlerisch zu frey das Auge spielt,

Wenn jeder Kuß ihr Irrlichtsfeuer kühlt,

Sie

Sie jedes Schmeicheley und jeden Handdruck bil'get.

Nur Eines Herzens Abgott seyn,

Nur Einen voll Gefühl ganz glücklich machen,

Nur Einem jeden Raub der Zärtlichkeit verzeihn,

Und selbst der Wolluft Altar nicht entweihn,

In Eines Armen nur die Welt verlachen;

Das ist die Liebe, die die Welt umsonst beneidt,

Die sie umsonst verleumdet und verschreit.

Zwar lebt sie auch nicht ohne Zähren:

Doch mild wie Balsam ist stets ihre Traurigkeit.

Wenn Deine Thränen doch auch solcher Balsam wären!

Schmähsucht und Haß der Zeit sind keine Thränen werth.

Laß

Laß keine mehr um sie den weißen Busen netzen,

Stets glänz' die freye Stirne aufgeklährt,

Sey stets vergnügt mit deinen Schätzen;

Mit Schätzen, die Dir die Natur, als sie Dich schuf

Freygebig zugewandt, sey froh mit dem Beruf

Von mir geliebt zu seyn, und mich zu lieben.

Blos die Idé einst nicht mein Mädchen mehr zu seyn,

Nur die muß Deiner Freude Sonnenschein

Mit einem Kummerwölkchen trüben:

Denn der Gedank' nicht mehr von Dir geliebt zu seyn,

Und mich vergeßen, Dich in fremden Arm zu sehen,

Der schreckliche Gedank' allein

Reißt

Reißt alle meine Freudenschlößer ein,

Und kann jedweden Trost so leicht zerstreun,

Wie Rosenblätter, wenn die Stürme wehen.

    Kleine Wittwe weine nicht,

  Und verhülle Dein Gesicht

Nicht so früh in des Kummers Schleyer,

Wenn des Lebens Morgen flieht,

Und die Rose abgeblüht,

Dann verlöscht so der Freude Feuer.

    Sterben — freylich ists wohl gut,

Und wohl dem der ewig ruht,

Leben ist aber doch noch beßer.

Muth mein Kind! denn Kampf und Streit

Dämpft der Thoren Dreistigkeit

Und Gedult, macht sie oft nur größer.

Kleinmuth nur wünscht sich den Tod.

Wider Haß, der jetzt Dir droht,

Mädchen, soll meine Glut Dich schützen,

Wenn Dein Busen nicht mehr schlägt,

Nichts mehr nach der Liebe frägt,

Was kann da Dir mein Beystand nützen?

Das

Das Jahrfest
des ersten Kußes.

Hæc sacris nostræ semper solennia Musæ

    Tempora - - - - - erunt.

Hic enim nostros primum palescere vultus

    Mensis - - - vidit - -

Vidit & ille idem carpentem gaudia mille

    Lenibus ex oculis molle tuentis · heræ

I. Secundus.

Schön wie die blühende Natur jetzt ist

Da sie der Frühling lächelnd grüßt;

So schön warst Du mein Mädchen an dem Tage

Als mir Dein Kuß auf meines Kußes Frage

Die

Die schönste Antwort gab — Dort schlägt die Nachtigal

Im Weidenbusch im bachdurchschlungnen Thal:

Ihr unnachahmlich Lied singt Freude und Entzücken

Ins Herz, und doch dringt keiner Nachtigal Gesang

So tief ins Herz, wie der Kuß drang.

Verschämt um einer Saat von Küßen auszuweichen

Bogst, du für mich zum größern Glück,

Mit Mädchenheucheley den Nacken schlau zurück —

Doch konnten gleich den Mund die Küße nicht erreichen

So fiel doch keiner auf ein undankbares Feld —

Sie trafen in das Thal, wo Venus Courtag hält,

Und auf die Hügel, die der Liebe Segen schwellt.

Ein

Ein mächtiges Entzücken

Durchschaurte mich als ich in deinen Blicken

Ein auch ich lieb Dich schmeichelnd laß.

Ha! Mädchen Deine Wangen blühten

Roth', wie die Lippen die vom Kuße glühten,

Der Perlenreihen traf, die, wenn Dein Mund mir lacht

Und Amor Dir, ins Kinn ein Grübchen macht,

Der Lippen Purpur sanft erheben,
Und deinem Lächeln neue Reitze geben.

Schön ist der Mäy in seinem Veilchenkranze,

Wenn er für Grazien zum Reihentanze

Gefilde schmückt, warm die mondhelle Nacht,

Und liederreich den Morgen macht!

Doch

Doch himmlischer wenn er in Mädgenbusen

Den Keim der Liebe streut, zum Aufblühn treibt,

Und wenn des Jünglings Aug an diesen Busen,

So wie sein Herz gefesselt, bleibt,

Wenn er die weiße Brust dann wallen,

Und simpathetisch fühlen lehrt,

Und bey dem Brautgesang der Nachtigallen

Des Jünglings Muth, des Mädchens Sehnsucht mehrt.

Hör' wie er träufelnd rauscht der Frühlingsregen

Sanft zittert unter ihm der Büsche neues Kleid;

So Mädchen zittern deine Locken, wenn der Segen

Entzückender wollüstger Zärtlichkeit

Das

Das Balsammooß des Rosenthals erfrischet,

Und mit dem eignen Thau des Rosenthals sich mischet.

Wenn mild der Wolken Schooß die Hügel übergießt,

Dann wird der Rand der Thäler bluhmenreicher,

Und auf dem Klee, der dichter sprießt,

Ruht dann der Wanderer erquickender und weicher:

Wenn auf den kleinen Höh'n in Deines Thales Schooß,

Der Regen Amors fällt, dann wächst das Mooß

Duftreicher, krauser um die heilge Grotte

Und wird zum netten schatt'gen Myrthenhäyn,

Wo nakte Grazien dem Liebesgotte

Um seinen Altar Bluhmen streun,

Und wo die ganze Schaar, wenn sie sich satt gegauckelt,

Und wo Citherens loser Sohn,

Wenn ihn in seiner Mutter Phaeton

Die muntern Spatzen müd geschaukelt,

Viel sanfter schläft und sich zum neuen Spiel

Viel ehr erholt als auf dem weichsten Atlaspfühl.

 Himmelvolle Augenblicke,

 Wenn die Sonne heitrer Blicke

 Jüngling deine Adern schwellt!

 Himmelvollre wenn der Seegen

 Amors, wie ein Perlenregen

 Aufs gespaltne Erdreich fällt.

Wie aus dem tiefsten Schlaf und süßten Traumgesicht

Des Jünglings Kuß sein Mädchen wecket,

Wie dann wenns schönste Aug halb Schlaf halb Wollust

bricht,

Er ihr den Arm sanft um den Nacken flicht,

Das Nachtgewand verschiebt und Schönheiten entdecket,

Die einst Romanos Kunst so lebhaft traf;

So küßt der Frühling aus dem Winterschlaf

Jetzt die Natur. Den dichten weißen Schleyer

Hat er ihr längst vom Busen abgestreift,

Er athmet jetzt im bluhmigten Gewande freyer.

Der May der sie mit Küßen überhäuft

Spielt mit dem Reiz, der ihm entgegen blühet,

Und Zephyr, den ein gleich Gefühl

Magnetischstark zur Bluhmengöttin ziehet,

Mischt tändelnd sich mit in ihr Spiel.

Steht denn der Natur und dem May

Nur allein das Tändeln frey?

Darf nur dies Paar zärtlich küßen,

Busen sanft an Busen schließen,

Und in Zärtlichkeit zerfließen?

Mädchen nein die Tändeley

Holder Glut steht uns auch frey,

Auch wir dörfen zärtlich küßen,

Busen

Busen sanft an Busen schließen,

Und in Zärtlichkeit zerfließen.

Hurtig komm in meinen Arm,

Schlüpf sie ab die Nachtgewänder,

Schleif sie auf die seidnen Bänder,

Komm und werd in meinem Arm

Wie die Sommerlüfte warm,

Und laß uns ganz in Zärtlichkeit zerfließen.

Ich bin dein Lenz, ich bin dein May,

Du mein Gefild, und meine Mayenbluhme,

In deinem Grottenheiligthume

Auf deinen Marmorhöh'n, steht jede Tändeley,

Und

Und jede Art des zärtlichsten Genußes,

Mir heut am Fest des ersten Kußes

Unwidersprechlich frey.

    Hurtig faum in meinen Arm

    Schlüpf sie ab die Nachtgewänder,

    Schleif sie auf die seidnen Bänder,

    Komm und werd in meinem Arm

    Wie die Sommerlüfte warm,

    Und laß uns ganz in Zärtlichkeit zerfließen.

Sinngedicht

aus dem Oven.

Der Liebhaber.

Durch meinen muntern Fleiß gebahr die Frau den

Sohn,

Allein der Herr Gemahl trägt allen Ruhm davon;

So wird der Honig nie der emsgen Bienen Lohn.

Der Ehmann.

Ich ließ Clorindens Hand mir ehrbar anvertrauen,

Allein Amint gewann die Liebe meiner Frauen,

So pflegt der Vogel auch nicht sich das Nest zu bauen.

E 4

Die

Die
glücklich gehobene
Besorgniß.

Heureux sont ceux, qu'on trompe à leur profit

la Fontaine.

Es war einmal, doch wo, das weiß ich nicht gewiß,

Die Sündfluth hat den Ort längst weggespühlet,

Ein Mädchen, das mit Recht das Wundermädchen hieß,

Weil noch ihr zwanzigjährger Mund

Die Süßigkeit des Honigs nicht gefühlet,

Den Adam einst in Evens Körbchen trug.

Sie

Sie war reich, schön und hatte Freyer gnug;

Allein, da sie beym Antrag jeden frug,

Wie groß sein Finger sey?

So wollte, weil die Herrn aus Freyersprahlerey

Des Dinges Maaß und Ziel vergaßen,

Kein einziger in ihren Fingerhut,

Den sie durchaus nicht wollte weiten lassen,

So recht bequem nach ihrem Sinne paßen.

Doch Amor der nicht eher ruht

Bis Mädchen ihm ihr Theil geopfert haben,

Bracht' den Amint auf eine List. Er meldte sich

Und sprach: "O Schöne wähle mich

"Ich

"Ich habe dreyfach das, was andre einfach haben,

"Und glaub gewiß die kleinste dieser Gaben

"Wird deinem Fingerhut recht angemessen seyn".

Zugleich reicht er den Riß der dreyen Finger ein.

Sie nimmt den Riß in hohen Augenschein,

Und wählt, weil ihr vielleicht das dreyfach wohl

behagt,

Aminten, der zuvor ihr eidlich zugesagt

Nur ganz allein den kleinsten zu gebrauchen.

Er nahm ihn auch, ließ sanft ihn untertauchen,

Man fand ihn gut — der Fingerhut ward feucht,

Und Phyllis zischelte: den größeren — vielleicht

Paßt

Paßt der wohl auch" Er nimmt den Mittelfinger,

Und kützelt frisch den Liebeszwinger;

Da wurde aus Erkenntlichkeit

Der rosenfarbne Rand des Ringchens ziemlich weit.

Ach Beßter, seufzt sie jetzt, dir kann ich nichts

versagen,

Venus. dir gefällt, so magst du auch den größ-

ten wagen.

Kaum sprach sie es; so stach der rechte schon im Ziel

Vermehrte da der Lüsternheit Gefühl

Drang weit empfindlicher zum Herzen,

Und Wolluft half die kleine Pein verschmerzen,

Indem

Indem sie Balsam, der wie Milch und Honig floß

In Phyllis Rosenwunde goß.

Das weichliche sittsame Kind zerfloß,

Und starb vor Lust, doch bald, erweckt von neuen Flamen,

Schien jetzt der Fingerhut ein niedlicher Pokal,

Und leise sprach sie? Ach Amint ach! noch einmal,

"Und wenn du kannst, so bind' sie alle drey
zusammen.

Das

Das Zeichen am Leibe.

Nous ferons auſſi ſages qu'elle
Quand nous en aurons fait autant

la Fontaine.

Finette gieng auß ihrem zwölften Jahr,

Ohn daß ſie ihren Leib, noch jene Regung kannte

Von der die Frau Aebtißin brannte,

Die ſonſten doch ihr Mentor war.

Einſt wuſch das Mädchen ſich die Meeresenge

Die zwiſchen fleiſchern Säulen liegt,

Durch die mit ſchmerzlichem Gedränge

Der Menſch ins Reich des Lebens kriecht.

Ach

"Ach schrie sie, ach! da sie die Sproßen

Der künftgen schwarzen Locken sah'

"Ach ich unglückliche! — Und ihre Thränen floßen

"Was wird aus mir — was wächst mir da!

Mit jedem Tage wuchs die Zierde des Gestades,

Es kraußte sich das Schilf ums rothe Meer:

So blühet um die Quelle eines warmen Bades,

Ein zart Gesträuch, und streuet Schatten um sich her.

Aus Gram vergaß sie Spiel und Essen,

Oft blieb sie ganze Nächte wach,

Und konnte nicht das Wunderding vergeßen

Das sichtbarlich aus ihrem Leibe brach.

Die

Die bleiche Wange wies wie sehr sie sich betrübte,

Der Nonnen Trost war ohne Frucht,

Auch die Aebtißin die sie zärtlich liebte

Fleht, predigt, schillt, versucht

Durch Schmeicheln ihr den Grund des Kummers

abzufragen —

"Ach gnäd'ge Frau, so hub sie endlich an,

Und seufzt und weint, "was hilfts mein Leid zu klagen

"Da doch kein Mensch mir helfen kann,

"Mich hat des Himmels Zorn geschlagen,

"Ein Zeichen hat sein Grimm an meinem Leib gethan,

"Das werd ich wohl bis in die Grube tragen,

"Da sehn sie selbst das Thier nur an —

Hier

Hier hob das schöne Kind den Vorhang seiner Kleider,

Und wieß der gnäd'gen Frau das kleine Wunderthier,

(Ein Mönch der still im Oratorio saß

Half dieses Thierchen mit besehen,

Und glaubt' indem er just vom heilgen Paulus las

Er sähe auch den Himmel offen stehen)

Madam sahs lächelnd an, und dacht wohlthätig: leider

Ist unser Prior jetzt nicht hier,

Der würd' geschwind' mit diesem Kätzchen spielen,

Der strich ihm gern das zarte Haar,

Und würd' ihm gleich ins kleine Mäulchen fühlen —

Ich weis wie tändelnd er bey mir einst war.

Jetzt

Jetzt sprach sie: "Liebes Kind laß dich das nicht erschrecken,

"Jedwede Nonn', auch ich, hat so ein Kätzchen da,

"Sieh', ich erlaub es dir das mein'ge aufzudecken —

Finette deckt sie auf — sie sah —

Und schrie: Ha! welche Katz! die hat ja Mähnen —

Und als sie ihr den Balg mit zarten Händen strich'

Fieng sie wollüstig an zu gähnen —

"Ach welch ein Maul — Ach Gott erbarme sich! —

Doch die Aebtißin sprach: "Mein Kind wie manche Ratze

"Hat auch das Thier nicht schon zunicht gebracht

"Erleg' du erst so viel, wer weis ob deine Katze

"Nicht einst das Maul noch größer macht.

Der

Der Himmelsweg.

Ein Nonnchen, das mit seinen Mienen

Beruf wies Tag und Nacht im Chor und sonst zu dienen,

War fast von Mutterleib zween Geistlichen bekannt,

Die ihr Gelübd zwar keusch zu seyn verband,

Doch ohne Ausnahm nicht. Den Frevel zu vermindern,

Behalfen sie sich bloß mit Klosterkindern,

Und machten überhaupt den Leib nur darum schwach

Damit er nicht die Seele unterbrach,

Wenn sie ein frommes Ave sprach.

Allein

Allein der Tod, dem Weiber, Ordensmänner,

Antikensammler, Mädchenkenner

Ein gleichgefällges Opfer sind, erschien,

Und nahm den jüngsten mit. Die arme Clausnerin

Wie kläglich that sie nicht um ihn,

Wie brünstig bat sie nicht in der verwäyßten Zelle

Um andre zween in die vakante Stelle.

Um zween? ja ja um zween, denn so ein Held wie der = =

Doch gnug, es war also ein Plätzchen leer,

Und wers versteht, der weis wie sehrs die Weiber haßen,

Dergleichen Plätzchen leer zu laßen.

Der andre Pater gab sich zwar

Die größte Müh sie kräftiglich zu trösten,

Allein es schien als ob dabey kein Seegen war.

Einst

Einst als sie sich vertraut Gewissenszweifel lösten,

Und Clärchen ihn so in die Enge trieb,

Daß sein Talent stumm auf dem trocknen blieb,

Da ließ sie leis' und seufzend sich vernehmen:

Warum mußt ihn doch GOtt so früh gen Himmel nehmen —

Gen Himmel? fiel ihr schnell der Pater ein

"Im Himmel glaubst du wird er seyn?

"Nein, nein der Himmelsweg, so spricht die Schrift,
ist enge,

"Und die er hier betrat, das sind sehr weite Gänge.

O Jüngling folge meinem Rath,

Und haß, wenn dir der enge Himmelspfad

Stets treu soll im Gedächtniß haften

Jedweden großen Mund — und such dir Jungferschaften.

Der

Der klügste Rath.

Inter utrumque tene, medio tutissimus ibis.

Ovidius.

Petron sah jüngst voll Lüsternheit

Gewandlos Sylvien im Bade;

Was sich ein Mädchen sonst zu zeigen scheut,

Lag da vor ihm wollüstig en Parade,

Fuß, Schultern, Busen, Wade

Sah er, und wer das sieht bekommt auch mehr zu seh'n.

Und alles war zum malen schön.

Nur aus Petronens räthselvollen Blicken

Sprach Kummer und Verlegenheit,

Er sah mit unentschloßnen Blicken,

Selbst bey dem sanftsten Händedrücken,

Bald rechts aufs Bein wie Schnee, bald links aufs
weiße Knie.

Für jedes fühlt er Sympathie,

Und doch nicht Kraft zur Wahl — mit heimlichen
Entzücken

Sah' Sylvia Petronens innern Streit:

"Was fehlt dir Kind? Wozu denn die Verlegenheit?

"Willst du, sprach sie, daß ich entscheide?

"So thu' das sicherste, damit kein's unrecht leide',

"Und leg dich hurtig zwischen beyde.

Die

Die vorsichtige Agnes.

—

quid lumina tingis
Virgo? Crede mihi, quem nunc horrescis amabis.

Claudianus.

—

Ein Mädchen, das noch kaum an Amors langem Seile

In seiner Reitbahn ausgetrabt,

Das niemals was von seinem Pfeile

Gesehn, vielweniger je rem in re gehabt.

Ein Mädchen das also ganz sonnenklar

Noch lauter liebe Unschuld war,

Trat

Trat vor den Richterstuhl und klagte:

"Herr Richter, hub sie seufzend an,

" Hier dieser ehrvergeßne Mann,

" Der mich bisher umsonst mit Schmeicheleyen

plagte,

"Hat endlich mir das mit Gewalt geraubt,

"Was ich ihm auf sein Flehn auch nicht um

Gold erlaubt'

Beklagter frug wie sie ihm das beweisen wollte?

Sie hätte ja mit eigner Hand

Den Dolch just nach dem Ort qvästionis hingewand

Damit er nur nicht fehlen sollte.

"Schon

"Schon recht, ward ihm von Agnes replicirt

"Schon recht, ich hab ihn auch dahin geführt,

"Allein war wohl ein andrer Rath zu faſſen?

"Du ſtießeſt ja mit ſolcher Wut und Eil

"Mahl über mahl auf mich, daß ich zu meinem Heil

"Kein andres Rettungsmittel ſah,

"Als ihn der alten Wunde einzupaßen,

"Denn, dacht ich, die iſt einmal da,

"Und ſollſt du dir jetzt eine friſche machen laſſen!

Die

Die gute Christin.

Gloria Martyrii sie celebrata nitet

Fortunatus.

Ew. Gnaden könnens sich nicht denken,

Wie witzig Mohren sind das Christenvolk zu kränken,

Oft sieht man Sclaven um ein klein Versehn

An Haaken hängen, geißeln, kreuzigen,

Ja selbst die Schönheit der Sklavinnen

Flößt ihnen kein Erbarmen ein:

Sie müßen insgesamt der frechsten Wolluſt dienen,

Und — ganz unglaublich ſcheints zu ſeyn,

Sie treibens gar ſo weit, daß mitten im Genuß

Manch braves Mädchen bleiben muß —

"Das heiß ich Chriſtin ſeyn und für den Glau-

ben ſterben,

"O könnt ich doch auch ſo die Märtrerkron'

erwerben.

Hans

Hans Carvels Ring.

Da wohl kein Menschenkind die Lunge

Zu seiner Nebenchristen Ruhm

Je überhitzt, so springt man drum

Mit Engeln selbst nicht besser um,

Und spricht: es geh" von Satans Zunge

Kein wahres Wort, doch ich will zu der Wahrheit
Ruhm

Durch folgende Geschichte zeigen,

Sie sey auch selbst den Teufeln eigen.

Der

Der Himmel, der die Ehen schließt,

Gab Carveln einst Trotz seiner grauen Haare,

Und seiner höchst verlegnen Waare

Den Einfall ein, der oft beym Jüngling mislich ist,

Ein junges Weib, das seines Durstes sich zu schämen,

Gar nicht gesonnen war, zu nehmen.

Zwar hoft er ganz getrost sein Kätchen würde sich

Aus treuer Zärtlichkeit zum Fastentisch bequemen,

Doch statt des Wörtchens kümmerlich

Das vor der Stirn ihm stand, stand zu Hans Car-
vels Jammer

Ein andres Wort vor Kätchens Herzenskammer;

Und Carvel sann drum Tag und Nacht.

Auf

Auf Mittel um sein Haupt für Unglück zu behüten:

Allein stets zog er Rathhaus Nieten,

Und selbst ein kleiner Rausch, der Herzen freudig macht

Half Carveln nicht. Um Kätchens Fleisch zu quälen,

Und zur Erbauung ihrer Seelen

Ließ ers indessen nicht an guten Lehren fehlen,

Doch da er bloß die künftgen Gaben pries,

Und gar kein zeitlich Pröbchen wies;

So ward durch die Gardienenpredigt

Sie nicht erbaut, und er nicht seiner Angst entledigt.

Sein Leben war nunmehr Ein böser Traum,

Selbst wenn er Kätchen sah so glaubt er kaum —

Und

Und Thomas, der auch ehr nicht glaubte

Bis seines Meisters himmlische Geduld

Ihm eine Wundenprob erlaubte,

Das war sein Mann. Ganz ohne Kätchens Schuld,

Die nie ihn weckte, denn wozu wärs nütz gewesen,

Wer kann von Dornen Trauben lesen?

Schlief er nie fest — Als er nun einst so schlief,

Dünkts ihm, daß Asmodi ihn rief,

Und sprach: "nimm diesen Ring, so lange

"Er dir am Finger sticht,

"Sey, Carvel, dir nicht bange,

"Daß man in deinen Garten bricht —

O Gott bezahl es dir! schrie hier der gute Alte;

So werd ich denn wenn ich den Ring behalte,

Doch wieder meines Lebens froh —

Und als er dies so eifrig dachte,

Daß er entzückt davon erwachte,

Da stach sein Finger — Rathet wo?

Das

Das offenherzige
Bekänntniß.

Juvenilis ardor impetu primo furit
Languescit idem facile nec durat diu.

Seneca.

Jüngst saß ich am schattgen Hügel,

   Als ein dreister Sperling kam,

Und sanft unter seine Flügel

   Das geliebte Siechen nahm,

Wiederholte Freudenzeichen,

   Flößten da den Wunsch mir ein:

Möcht Damöt den Spatz doch gleichen,

   Und Ich denn das Siechen seyn.

G

Als

Als ich noch vor mich so dachte:

    Sah ich ihn schon bey mir stehn:

Nie hat, wer sein Glück je machte,

    Beßer seine Zeit ersehn.

Aller Triebe Glut erwachte,

    Und im wärmsten Augenblick,

Da ich nichts als Ihn nur dachte,

    Machte er sein Schäferglück.

Aber Liebe deinen Freuden

    Ist die Dauer unbewußt,

Jahre durch währt oft das Leiden,

    Und Minuten nur die Lust.

Jener Taumel von Vergnügen

    Ward Damöten bald zu schwer,

Ich blieb zwar das muntre Siechen,

    Aber er kein Spätzchen mehr.

Die

Die Sehnsucht.

Röschen Röschen welch ein Glück
Von Dir geliebt zu seyn!
Wem flößt ein himmlisch Meisterstück,
Nicht tausend Wünsche ein?

Wenn sanft der schwarze Atlas wallt,
Dein blaues Auge lacht,
Wer bleibt bey solchem Anblick kalt,
Und fühlt nicht Amors Macht?

Ein Kuß auf Röschens Marmorarm,

Ihr Handdruck, noch so schwach,

Macht selbst den Winter sommerwarm,

Und alle Geister wach.

Wie Schnee zerschmilzt wenn ihn der Strahl

Der Frühlingssonn' erreicht,

Wie froh das Herz beym Freundschaftsmaal

Ins ofne Antliz steigt:

So sanft freut sich, so schmilzt mein Herz

Wenn es den Himmel sieht,

Der da ist, wo der feinste Scherz

Auf Rosenwangen glüht.

Heil

Heil dem, den Röschens Seele liebt,

Dem sie, entzückt geküßt,

Den Kuß freywillig wiedergiebt

Der, auch geraubt, schön ist.

Maylied.

—

Da ist der May Rosette,

Und seine Bluhmenkette

Hängt duftend über Dir.

Er segnet die Gefilde;

So sanft wie er, so milde,

So sey auch Röschen mir.

An Lieblichkeit am reichsten,

An Schönheit Dir am gleichsten,

Nimmt er die Herzen ein.

Sein schönster Tag von allen,

Gesehnt von Nachtigallen,

Soll Röschens Jahrfest seyn.

Dem Flurenschooß entsteigen

Des Lenzes frühe Zeugen,

Die Lieblinge des Mays.

Sieh ihre weiße Glocken

Dort neben Veilchen locken,

Sprich, wem gebührt der Preiß?

Dein

Dein blaues Aug Rosette,

Des Arms Albasterglätte,

Malt auch ein Bluhmenbeet;

Doch wer kann ihn entscheiden

Den Preiß, wo tausend Freuden

Der Bluhmensammler mäht?

Heil jeder Bluhmenerndte,

Und weh dem, der nicht lernte,

Daß kurz der Frühling ist,

Und alle Bluhmen sterben —

O Röschen laß sie sterben

Wo Sterben Wollust ist.

Die

Die Jungferschaft.

Vt flos in septis secretis nascitur hortis,
Sic virgo, dum intacta manet.

Catullus.

Hör Afterwelt mein Lied! es preißt

Das schönste Kleinod keuscher Musen,

Apoll doch nein — stärk' dich mein Geist

Durch Blicke auf die schönsten Busen!

G 3   Der

Der Völkerschaften Liebling dich,

O könnt ich würdig dich besingen!

Dies Lied, voll deines Ruhms, würd' mich

Dann auf der Enkel Enkel bringen.

Laßt bey verschwendter Odenwut

Um Eselsscheiteln Lorbeer grünen,

Singt Schlachten, singt der Reben Blut

Um Brod und Titel zu verdienen

Und bleibt stets nüchtern — Mein Gesang

Preißt stolz das Schooßkind junger Schönen,

Und wünscht sich nur der Mädchen Dank,

Die noch der Unschuld Myrthen krönen.

D

O Guth, für das die Lüsternheit

Im Rausch oft hundert Welten gäbe,

Dich sing ich, Preiß der Zärtlichkeit,

Dich, erster Keim der Ehstandsrebe;

Dich Guth, das einmal nur ergötzt,

Das Amors Sieg kränzt und vollendet,

Für das, oft zehnmahl schon ersetzt

Der Britte selbst sein Gold verschwendet.

Dich Kleinod, oft schlecht angebracht,

Und oft im Entrechat verschwunden,

Bey allen Mädchen zwar gedacht,

Bey vierzehnjährgen kaum gefunden,

O Gabe, die die Clerisey

Gern statt des ersten Beichtgelds nähme,

Die jeder Mann, wie Weibertreu,

Sehr gern zum Brautschatz mit bekähme.

Dich Blühmchen, das der Rose gleicht,

Die roth und frisch die Sonne grüßet,

Vom Mittagsstral berührt, verbleicht,

Und nie sich mehr als Knospe schließet;

Dich Guth, das Bürgermädchen ziert,

Und stolz die Königstöchter schmücket,

Das jenen oft ein Prinz. entführt,

Und hier ein Kammerdiener pflücket.

Magnet

Magnet von seltner Anzugskraft,

Der sich nach allen Polen bieget,

Heil dir kranzwürd'ge Jungferschaft,

Heil dem, der blutig dich ersieget!

O Mädchen, lernt des Kleinods Werth,

Lernt mit der Myrthenkrone geitzen,

Doch nicht zu lang, sonst fällt ihr Werth,

Und ihre Kraft zum Kauf zu reitzen.

Nur laßt von wilder Lüsternheit

Euch nie den Zaubergürtel lösen,

Dem nur, der eurer Zärtlichkeit

Ganz würdig ist, bem laßt ihn lösen: —

Und

Und sollt ihr nach des Schicksals Schluß

Euch fromm als Priesterfraun einst brüsten;

So opfert vor dem Hochzeitskuß

Den Schmuck Soldaten und Juristen.

O Chloe, der mein zärtlich Herz

Der Liebe glühn'den Weyhrauch bringet,

Verachte nicht der Muse Scherz,

Die deiner Reitze Brennpunkt singet:

Der Reitz der wie ein Röschen blüht,

Vom scharfumdornten Stock vertheidigt,

Den, wenn dein Herz gleich zärtlich glüht,

Doch Amors Pfeil noch nie beleidigt.

Erhalt'

Erhalt' sie Chloe einst für mich

Die Erstlinge der Liebesfreuden,

So wird in meinen Armen Dich

Die ganze Mädchenwelt beneiden.

Denn nur für Dich brennt diese Glut

Und — ich will nur mich selbst nicht loben —

Doch glaub mirs nur dein höchstes Gut

Ist nirgend sichrer aufgehoben.

Der Maler

und

der Liebhaber.

—

„Soll ich dir dein Röschen malen,

„Nach den schönsten Idealen,

„Oder Zug vor Zug genau?

„Locken, die den Hals umfangen,

„Grübchen in den Rosenwangen.

„Frey die Stirn, das Auge blau?

„Mal

"Mal ich Lippen, die beym Lachen

"Jene Grübchen tiefer machen,

"Zähne, so wie Perlen schön?

"Unter Flor die Busenhügel,

"Arme weiß wie Schwanenflügel,

"Hände wie die Grazien?

　　"Mal ich Röschens Hals und Schultern

"Wie der Juno Hals und Schultern

"Glat und weiß wie Elfenbein?

"Cypria vom Meer gebohren,

"Nymphen warm in Lust verlohren,

"Sollen diese mir — ?" Nein, nein!

　　　　　　H　　　　　　Braune

Braune Locken magst du malen,

Blauer Augen Himmelsstraalen

Meisterzüge ins Gesicht,

Arme, Hand und Busenhöhen,

Aber was ich mehr gesehen,

Nein das schönste triffst du nicht.

Der die höchste Kunst erfüllte,

Als er Amors Mutter bildte,

Hätt er Röschens Reitz gesehn,

Schnell hätt' er sein Werk zernichtet,

Und nach Röschen eins errichtet,

Dann wär seine Venus schön.

Der

Der zum Unglück mit Dryaden

Einst Dianen sah sich baden,

Diesem wärs vielleicht geglückt,

Röschens Schenkel so zu zeichnen,

Daß sie nicht den Reiz verleugnen,

Womit sie Natur geschmückt.

Und der Nektarkelch voll Leben,

Den die Götter einst bey Heben,

Als sie fiel, bezaubernd sahn,

Unter allen Opferschalen

Sie die schönste — die zu malen,

Sprich, darf sich die Kunst ihr nah'n?

Als

Als durch Venus Gürtelskräfte,

Zeus das große Weltgeschäfte,

Hinter goldnen Wolken that,

Wagts je wer da sie zu malen?

Und hier blenden Wolluststrahlen

Mehr, als dort der Goldglanz that.

An

An Doris

nach

einem kleinen Scharmützel.

Ne così strettamente edera preme
Pianta, ove intorno abbracciata s'abbia
Come si stringon' li du' amanti insieme.
Del gran piacer ch'avean lor dicer tocca
Che spesso avean piu di una lingua in bocca.

Ariosto.

Wär ich von Sanct Peters Kirche,

Glaube, daß ich denn gewiß,

Dich zu meiner Lieblings Heil'gen

Als Magdlena malen ließ.

H 3   Mädchen

Mädchen nie sah ich dich schöner,

    Als da Deine weiche Hand

Kunstlos statt des Modekopfstaats,

    Bloß ein Tuch der Stirn umwand.

Schalkhaft kuckte nur Ein Löckchen

    Neben dem beringten Ohr,

Um ein Probchen Haar zu zeigen

    Unterm seidnen Tuch hervor.

Dreuster funkelte Dein Auge,

    Weißer schien Dein weiß Gesicht,

Purpur floß um Deine Wangen,

    Schöner glüht Aurora nicht.

Wie der Magdalena Busen

 Naß von Thränen reuig stieg;

Mädchen so hob Deinen Busen

 Hofnung auf den schönsten Sieg.

Wie die Rose wenn des Morgens

 Thau auf ihren Blättern steht;

So dein Rößchen, daß an Schönheit

 Alle Rosen übergeht.

Holde Sehnsucht warmer Liebe,

 Sprach Dein zauberischer Blick,

Unter tausend kleinen Seufzern,

 Theilest Du mit mir mein Glück.

   H 4   Warum

Warum hielt'st Du doch dem Auge,

Wenn der Wollust luftger Flor

Es bezog, oft wenn es lachte,

Deine Hand mißgünstig vor?

Schäm' Dich nicht des sanften Schauers,

Der durch alle Nerven schießt,

Wenn der milde Thau der Wollust

Aus der Rosenmuschel fließt.

Laß das schöngebrochne Auge,

Laß der Zunge tändelnd Spiel

Sagen, ob der kleine Zweykampf

Dir so sehr als mir gefiel.

Laß mich alles alles sehen,

Wenn der heißte Kuß Dich frägt:

Ob Dein Herz auch treu wird bleiben,

Obs auch jetzt für mich nur schlägt?

Gedenk an jene Zeit.

nach
einer bekandten Melodie.

Io amai sempre, ed amo forte ancora
Quel dolce loco, ove piangendo torno
Spesse fiate, quando Amor m'accora.

Petrarca.

Hier in ruhgeweihten Gründen,

Die der Städte Stolz nicht kennt,

Wo im Schatten blühnder Linden,

Lust sich nie von Unschuld trennt.

Hier

Hier wünscht ich der Liebe Brand,

Dem ich lang gnung widerstand,

Stumm nicht länger zu empfinden,

Und ich drückte Daphnens Hand.

Schön und einsam sah ich hier

Sie den Berg ersteigen,

Amor schwebte über ihr

Mir den Weg zu zeigen,

Aber in dem Augenblick

Blühte noch kein Schäferglück,

Furcht hielt noch den Fuß zurück,

Hieß die Lippen schweigen.

Endlich reiften Wunsch und Sorgen

Froher Hofnungen Genuß,

Und den schönsten Frühlingsmorgen

Heiligte der erste Kuß,

Purpurlippen gaben ihn,

Und dem Busen raubt' ich ihn:

Aber Nacht umzog den Morgen

Schmerz quillt jetzt noch aus dem Kuß.

Durch ihn herrscht auch hier im Thal

Mißvergnügtes Schweigen,

Er entzieht den Sonnenstral

Freudigblühnden Zweigen:

Nichts

Nichts kann Aug und Herz erfreun;

Denn an Daphnens Hand allein

Waren Flur und Thal und Hayn

Meiner Freude Zeugen.

Thal und Hayn, du hörst mein Klagen,

Hört' es doch auch Daphne an!

Möcht sie jetzt um mich auch klagen,

O wie glücklich wär ich dann!

Zwar nicht glücklich, wie ich war,

Wenn ich sie das braune Haar

Sah' in sanfte Locken schlagen,

Und der Busen offen war.

Zwar so froh so glücklich nicht

Wie mich Amor machte,

Wenn ihr Rosenangesicht

Liebevoll mir lachte,

Zwar nicht glücklich so wie da,

Als ich alle Schönheit sah,

Und der höchsten Freude nah,

Glücklichers nichts dachte.

Der

Der Haarproceß.

Sibilum edidit coma.

Catullus.

Im seidnen krausen braunen Haar,

Saß jüngst der Liebesgott,

Und trieb da übers Scheitelhaar,

Den freventlichsten Spott.

Er lachte überlaut und schrie:

"Seht diese Löckchen an,

"Euch macht man kraus mit vieler Müh,

"Hier hats Natur gethan.

"Euch salbt man mit Pomaden ein

"Kämmt, pudert euch erst schön,

"Dies parfümirt sich ganz allein,

"Und riecht zehnmal so schön.

Das weiche braune Scheitelhaar

Lang gnung sanftmüthig, sprach:

"Prahl doch nicht so mit diesem Haar,

Und setz' so sehr uns nach.

"Eh' Damon jens gesehn, berührt

"Hatt' er uns längst geküßt,

"Wer weis wenn wir ihn nicht geführt,

"Ob er noch von dem wüßt.

"Ihn

"Ihn reitzte unsrer Locken Pracht,

"Erbaut von Doris Hand

"Von uns erst dreust und warm gemacht

"Traf sichs, daß er jens fand.

Und kurz das Haar, das wie man glaubt

"Am Sternenhimmel steht,

"War von der Berenice Haupt

"Nicht sonst wo abgemäht — —

Jetzt ward das kurze Haar auch laut,

Und rief: Ich muß gestehn

"Wenn Doris eure Locken baut;

"So findt euch jeder schön.

J   Ihr

"Ihr schmückt Ihr blühendes Gesicht,

   "Erhebt der Stirne Weiß,

"Doch wenns Chignon recht glat gleich liegt

   "Machts doch das Blut nicht heiß.

"Nur dann, wenn Kunst euch gar nicht zwingt,

   "Und wenn ihr schön verwirrt

"Um Doris Hals und Stirn euch schlingt,

   "Und um den Busen irrt;

"Dann sieht der Jüngling im Tapet

   "Mein reitzend Ebenbild:

"Denkt an den weichen Wollustthron

   "Der bey ihm alles gilt.

                       "Küßt

"Küßt euch denn zärtlich, nennt euch schön;

"Denkt aber mich dabey,

"Und wird, so bald er mich gesehn

"Gewiß euch ungetreu — —

Als Richter sprach drauf Venus Sohn!

"Schweigt Zänker und hört mich:

"Du kleines Haar, schmückst Venus Thron,

"Vorzüglich liebt sie dich.

Ihr Scheitelhaare seyd mein Netz

In dem sich mancher fängt,

Der thöricht über mein Gesetz

Sich längst erhaben denkt.

In

In euren Schlingen führ ich ihn

Dann hin zur Venus Thron,

Und laß das Grottchen ihn beziehn;

Wo ich bey Pfychen wohn.

Wie

Wie mir es war, wie Ihr es ließ.

Non sic appositis vincitur vitibus vlmus
Vt tua sunt collo brachia nexa meo.

Ovidius.

Mädchen Mädchen o wie schön

    War mein Sieg und mein Vergnügen

Um des Busens Marmorhöh'n

    Sah' ich deine Locken fliegen.

Wenn des Zephyrs lose Hand

    Um der Flora Busen spielet,

Und ihr blumichtes Gewand

    Mit den Fittigen durchwühlet.

J 3   Fliegen

Fliegen ihre Haare so

  Schön verwirrt um Hals und Nacken,

Und des nahen Sieges froh

  Küßt er dann die glühnden Backen.

Schmiegt sich um sie, tändelt', hüpft,

  Bald erzürnt und bald versöhnet

Bis er in den Hafen schlüpft,

  Wo ihn Amor siegreich krönet.

Aber glücklicher wie ich

  War er nie in Florens Hafen,

Denn in Doris Arm läßt sich

  Weicher als auf Rosen schlafen.

Trink=

Trinklied.

---

                              quando propinat
Virgo tibi, sumitque tuis contacta labellis
Pocula, quis vestrum temerarius usque adeo? quis
Perditus, vt dicat regi, bibe?

                              Juvenalis.

Wein und Töchter gab einst Gott

Unserm guten Anherrn Lot,

Ihm aus seiner Stadt dem besten,

Um ihn auf die leichtste Art,

Als Madam zur Säule ward

Ueber den Verlust zu trösten.

Davids Bund mit Jonathan

Zettelte die Liebe an,

Und bestätigte der Becher:

Salomo und Epikur,

Meisterstücke der Natur,

Waren liebenswärd'ge Zecher.

Selig wer mit dreustem Schritt

In der Männer Stapfen tritt,

Die der Weisheit Fürsten waren!

Thorheit ists die Jugendfrucht

Ohne daß man sie versucht

Zum vermodern aufzusparen.

Mädchen Wein in den Pokal

Hurtig, füll' ihn so viel mal

Als ich jüngst Dich freudig küßte.

Weingeist schwellt die Adern an,

Wär ich Jüngling wohl schon Mann,

Wenn ich nicht zu zechen wüßte?

Dreymal trink ich schon Dir zu,

Mädchen frisch, jetzt trink auch Du

Mach Dir um den Rausch nicht Sorgen,

Roth bin ich, werd Du auch roth,

Denn auf schönes Abendroth

Folgen schöne Nächt und Morgen.

J 5   Lied

Lied.

Se egli avien, che io mai ti tenga
Jo ti terro, e, che ,puo, si n'avenga,
E della dolce bocca
Convien, ch'io sodisfaccia al mio desire.
- - vien tosto, vien mi ad abbracciare,
Che 'l pur pensarlo di cantar m'invita

Boccaccio.

Entflohn ist uns der Frühlingsschmuck,

Der Sproßer, der am Bach sonst schlug,

Scheut sich vorm heißen Sonnenstrale,

Und singt nicht Lieder mehr dem Thale,

Die Flur gekleidt in dunkler Grün

Scheint muntrer Lust sich zu entziehn.

Der

Der West der sonst im lockgen Haar,

So buhlerisch geschäftig war,

Flieht nun der Sonne auszuweichen

Zu dunkeln Grotten, schattgen Sträuchen,

Und weht den Lindenblüthen Duft

Erst durch die späte Abendluft.

Gegrüßt sey sie die frühe Nacht,

Die hier die blühnde Linde macht,

Wenn ihres Laubes dichte Schatten,

Sich mit den Geißblatsranken gatten —

Der Laube Heil die Paphia

Zum Mittagsschlummer sich ersah.

Sanft schläft sie da — der Busen wallt

Vom Traum der ihr Adonen malt,

Die halb geschloßne Lippen lächeln

Wie Rosen die dem Morgen lächeln,

Der in den aufgeblühten Schooß

Den fruchtbarn Thau der Liebe goß.

Eil Mädchen eil zur Laube hin,

Und lern' von Paphos Königin

Dich auch in Götterschlummer wiegen,

Wie sie, träum Wollust und Vergnügen,

Und wachend küß den Busenfreund,

Der dir manch Wollustthränchen weint.

Blühe

Blüht gleich kein Frühling mehr im Thal,

Singt gleich nicht mehr die Nachtigall

Gluth und Entzücken in die Seele,

So singt doch deine Philomele

Von Amors Himmelskraft durchglüht

Im Myrthenthale noch ihr Lied.

Sieh' nur wie sich der Sprosser regt,

Wie kühn er mit den Flügeln schlägt,

Er hüpft — und schmachtet vor Verlangen

Im Netz und Grübchen sich zu fangen;

Denn wo ein Käsigt winkt, wie der

Da wird die Freyheit Centnerschwer.

Ge-

Gemälde.

$\check{u}$ - - teneant sua gaudia Divi

Te teneo, mea lux, lux mea te teneo

$\check{v}$ - - Superi teneatis Olympum.

I. Secundus.

Das Herz vom Wunsch nach dir erfüllt,

Erflehte Dich zurück,

Da kam der Schlaf, und wies im Traum

Mir das erflehte Glück.

Ich

Ich sah' dich schön wie Grazien,

   Wenn Cypripor sie küßt,

Wie Psyche schön, wenn Amor sie

   Fest in die Arme schließt.

Doch schöner wie ein Traum warst du

   Mir wachend, als ein Druck

Der weichen Hand beym wärmsten Kuß:

   Ob ich dich liebe, frug.

So bist du schön, wenn dir im Aug

   Ein Thränchen zitternd steht,

Doch schöner, wenn den losen Blick

   Des Lächelns Reitz erhöh't.

                        . Der

Der freygewölbte Busen stieg

Von Wollustahndungen,

Die braunen Augen schoßen Blitz,

Streit zu verkündigen.

Laut schlägt mein Herz von Dir berührt

Heiß, wenn die weiche Hand

Den Pfeil auf Amors Bogen legt,

Und kühn die Sehne spannt.

Ha! denn fließt mir die Seele ganz

Mit Amors Pfeil ins Ziel!

Ach Mädchen auch Dein Aug bricht dann,

Und spricht Gluth und Gefühl.

Entzückend zischt Champagnerschaum

    Am Rande des Pokals,

Doch schönrer Schaum hängt dann am Busch

    Des duftgen Wollustthals.

Kein Tempe, kein Elisium

    Ist schön wie Chloens Thal,

Hier halten Aug, Gefühl, Geruch

    Berauscht ihr Göttermahl.

Das Rosenkleid hat Cypria

    Ihm angelegt, sie ist

Die Schöpferin des Quells, der aus

    Der Muschelgrotte fließt.

Zehntausendmal sagt dir mein Kuß

Du Thak der Reize Dank,

Oft netze Amors Balsam dich,

Er sing dir Lobgesang.

Einladung auf das Feld.

Il foco mio

Non fu mai sì cocente

Come or nel refrigerio; nè vid'io

Cara mia luce adorna

Voi di tanta bellezza, e sì lucente

Com ' era.

Guariin.

Sag kleiner Abgott haft du auch

In schwüler Sommernacht

Kein Picknickspiel nach Venus Brauch

Wo ohne mich gemacht?

K 2   Das'

Sag' hat dein weiblich Herzchen sich

    Von mir nicht schon entwöhnt?

Hast du in Haselsträuchen Dich

    Warm bloß nach mir gesehnt?

Wenn Dich der Laube dämmernd Licht

    Das Mooß im schatt'gen Häyn

Zum Schlaf einlud, wünschtst Du dann nicht

    Von mir geweckt zu seyn?

Sprich, sprich — und dann komm mit ins Feld

    Das reizender nie war,

Wo Ceres Garben aufgestellt,

    Der Venus zum Altar.

Kein Sopha den stahlfederreich

Goldfarbger Atlas schmückt,

Ist so schön, so elastisch weich

Zum Menschenspiel geschickt.

Der Tag da ich zuerst Dich sah

Ist Heut.   Er sey ein Fest,

Und wohl Uns wenn sich Paphia

Heut von uns opfern läst.

.

Scheu nicht ums Aug den Lazurstrich

Scheu nicht ein blaß Gesicht,

Der Mond hat seinen Hof, schämt sich

Der Silberbläße nicht.

Schling

Schling um den Hals mir deinen Arm

    Schnell öfne das Portal

Der Nymphengrotte, wollustwarm

    Küß Amors Opferstalz

Und stirb in süßer Ohnmacht hin,

    Bis milder Balsamsduft

Dich, kleine Amorspriesterin,

    Ins neue Leben ruft.

Ermun=

Ermunterung zum Vergnügen.

Chi potrebbe estimar, che le mie braccia
Aggiugnesser gia mai
Là d'ove io l'ho tenute,
E ch' io dovessi giugner là mia faccia
Là d'ov'io l'accostai
Per grazia, e per salute

Boccaccio.

Mädchen deiner Purpurschnecke,

Wenn ich ihr Gefühl erwecke,

Ströhmen tausend Reize zu,

Und der Morgenglanz Aurorens,

Und die Rosenlippen Florens

Sind dann nicht so schön wie Du.

Als

Als ich in der Geisblatslaube

Deines Weinstocks schönste Traube,

Naß von eignem Thau jüngst sah',

Da schien dem gebrochnen Blicke,

Sanft berauscht vom Schäferglücke,

Peters dritter Himmel nah.

Lieblich lächelt Doris Miene

Wenn den Stachel Amors Biene

In das Myrthenkörbchen sticht:

Venus, die Duft um sich hauchet,

Wenn Adon den Altar brauchet,

Macht kein himmlischer Gesicht.

Um die Lebensquelle wohnen

Scherze, die auf Locken thronen,

Ohne Menschenkunst frisirt.

Freude lacht um ihr Gestade,

Wenn in ihr Baßin zum Bade

Amor seinen Liebling führt.

Hör' wie er im Bade spielet,

Plätschernd seine Flamme kühlet,

Aufspringt, wieder abwerts schießt:

Laß ihn baden, laß ihn keltern

Bis aus allen Lustbehältern

Dank in Deine Quelle fließt.

Gele-

Gelegenheitsgedicht.

Tali verentem satiemus amore juventam.

J. Secundus.

Schön war der Abend, Frühlingsduft

Durchbalsamte die heitre Lyft,

Und jeder Stern war aufgegangen,

Cytherens himmlisch Feuermeer

Schoß zehnfach Stralen um sich her,

Und alle Nachtigallen sangen.

Doch

Doch Venus Stern und Frühlingsduft

Und Nachtigall und Abendluft

Vergaß ich in der Schäferstunde.

Den Gipfel aller Lust erstieg

Der Geist, und Balsam goß der Sieg

Sanft um den Rand der Pfirschenwunde.

Sprich Mädchen, schlug im Busch und Thal,

Je eine schönre Nachtigall?

Ließ je ihr Lied dein Herz so wallen?

Und als sie müd vom Nachtgesang

Zahm auf den weißen Busen sprang,

Hat sie auch da Dir noch gefallen?

Wie auf dem jungen Zweig vergnügt

Sich Philomele einsam wiegt;

So wiegte sich auf Busenhügeln,

Und sah umher die Nachtigall,

Um sich zum neuen Flug ins Thal

Durch jeden Herzschlag zu beflügeln.

Druck mit der weichen Hand doch nur

Den Lieblingssproßer deiner Flur

An Dich, und spiel mit seinen Schwingen

Er ist ein kleines dankbars Thier,

Und wird für dies Geschmeichel Dir

Das schönste Ritornello singen.

Zum

Zum Beschluß.

I.

Vögel sangen, Turteltauben girrten,
In den Schatten von Cytherens Myrthen,
Amorn einen Lobgesang:
In den Frühlingsthälern rauschten
Bäche, und die Nymphen lauschten,
Ob nicht etwa sie zu haschen
Aus dem Busch ein Waldgott sprang.

Als mein Röschen lächelnd mir zur Seite
Auf den Rasen Veilchensaamen streute,
Wo ich Ihr mein Herz entdeckt.
Amor gab zum Saamenstreuen
Ihrer Hände sein Gedeyen,
Und im nächsten Lenz war alles
Blau mit Veilchen überdeckt.

"Röschen kann Dich Amors Veilchenseegen
"Nicht zum wärmsten Dank für ihn bewegen,
"Bist Du denn nicht ganz Gefühl?
"Laß uns unsern Dank verbinden,
"Hand in Hand das Glück empfinden,
"Daß sein Seegen auf die Veilchen
"Die Du sätest fruchtbar fiel.

E.

So sprach ich am veilchenvollen Beete;
Röschens Antlitz färbte Morgenröthe
Eines Opfertages werth.
Augen die Gefühlvoll brachen
Busen Wallungen — die sprachen
Ja, zum Opfer, und zum Altar
Ward das Veilchenbeet erklährt.

Amor schlug aus Freude mit den Flügeln,
Und empfieng auf weißen Busenhügeln
Opfer unsrer Zärtlichkeit.
Durch ihn wuchs der Veilchensaamen —
Und zu Ehren seinem Nahmen
Ward auch hier aus Amors Füllhorn
Mehr als Veilchensaat gestreut.

Vögel sangen, Turteltauben girrten
Als in Röschens blühndes Thal der Myrthen
Thau der Lust balsamisch drang;
Ueberm Veilchenbeete rauschten
Junge Zweige, rundum lauschten
Nymphen, ob nicht auch zum Sehen,
Wo hervor ein Waldgott sprang.

II.

Brauner Augen schwarze Bogen
    Sind Tyrannen, die ich flieh:
Blauer Augen braune Bogen
    Röschen o wie lieb ich Die!

Heil mir, Röschens blaue Augen
    Sehn auf mich, und Freude bebt
Durch mein Herz, das blos vom Lächeln
    Dieser braunen Bogen lebt.

Wenn wie heut den Abendhimmel
    Blaue Wolken überziehn;
Wenn im Schooß' halbreifer Aehren
    Blaue Sternchen reizend blühn;

Wenn im blauen Flutbenspiegel
    Sich ein Rosenstrauch besieht;
Wenn Vergismeinnicht in Thälern',
    Schön dem Auge, einsam blüht:

Dann fühlt meine ganze Seele
    Röschens blauer Augen Macht,
Aber keine Lust an Schönheit
    Da, wo dieses Aug' nicht lacht.

Milde Abendwolken träufeln
    Kühlungsthau jetzt sanft herab —
Ach wo ist der Thau des Lebens
    Den mir Röschens Kuß sonst gab!

Jedes

Jedes Wölkchen, jede Bluhme,
　　Blau so wie ihr Aug, gebiehrt,
Heiße Sehnsucht nach dem Tage
　　Der in meinen Arm Sie führt.

Aber wie der Bach sich traurig
　　Murmelnd durchs Gesträuch hier schlingt,
Wo die Nachtigall der Gegend
　　Heut' die letzten Lieder singt:

So schlägt auch mein Herz, o Röschen
　　Zum voraus schon kummervoll
Beym Gedanken der Minute,
　　Die uns wieder trennen soll.

III.

Von Venus Töchtern schön von Schenkeln,
Und von des Gartengottes Enkeln
Hoft meine Muse nur ihr Glück;
Wird sie von denen nicht erhoben,
So schleicht sie unbeklatscht zurück,
Denn — — wird sie doch nicht loben,
Weil er zu allen Bibelproben,
Durch die selи Priesterkinn das Kragenfett gewann
Von ihr kein Zeilchen brauchen kann.

www.ingramcontent.com/pod-product-compliance
Lightning Source LLC
Chambersburg PA
CBHW031119020726
47495CB00007B/2265